KB270642

희망은 왔다

희망은 왔다

희망은 왔다

조진태 시집

문학들

시인의 말

계영배를 떠올린다.
그러할 수 없는 까닭에 꿈꾸나 보다.
그러니까 투박하다.
옛 시절의 자취와 흔적에 깃들고 있는 만큼만 더 부드러워
졌으면 좋겠다.
그래서 그런 만큼만
울음이 노래가 되는 그 찰나를 얻을 수 있다면 한없이 좋겠다.
그저 모자람을 탓할 따름이다.
세상이여 이 틈입을 용서하시길.

그래도 노래할 수 있다는 건, 참 즐거운 일이다.

2010년 세밑
조진태

차례

제1부

빨강 카네이션

탱자꽃 하얗게 핀 날엔 뒷산에 올라
가만히 서서 동쪽을 바라보았다
가끔 비가 내리기도 하였다
느티나무, 박달나무 사이로 언뜻언뜻
옛집의 흔적이 눈가에 맺혔다가는 지나갔다
세월은 유성처럼 흐르는구나 한없이 생각을 따라가
다가
어둑어둑해진 밤 마지못해서 내려서는 길
매캐한 냄새 뒤집어 쓴 채로 집으로 돌아오던 날에
소스라치게 기억은 머물렀다

아침에 문득
아이가 가슴에 매달린다
창밖에 자두나무 바라다보며
눈물 나는 마음을 가만히 달랬다

가장 익숙하나 가장 낯선 이름의

손톱자국 상처 하나 나지 않은 영혼이 있다

바늘자국, 갈퀴에 긁힌 자국, 칼에 베인 자국, 연탄불
에 덴 자국, 주먹으로 얻어맞은 자국, 머리끄덩이를 잡
혀 흔들린 자국, 시아주버니라 불리는 야수의 몽둥이에
도 상처 하나 나지 않은 영혼이

한 사람의 목숨붙이에 그렇게 혹독한 세상이 훑고 지
나도 꿈쩍 않은 영혼이 있다

길쌈도 하고, 밭고랑도 매고, 빨래터에서 빨래도 천
연덕스럽게 하고, 서방 세상 뜨고 새마을운동 나가서
논두렁 이리 떼고 저리 붙이고 밀가루 한 포대 받아다
가는 수제비도 끓여먹고 점방 열어 풀빵, 일원에 몇 개
씩 코 묻은 돈 장사 밑천 보태기도 하고, 아들 한 놈은
해병대 지원 가서 월남 땅으로 보냈다가 제대도 못하고
화장해버리고는 막걸리와 봉초 담배로 벗하고서 동네
아짐들 모여 상추쌈 배추쌈 입 터지게 싸먹기도 하고,

어둠 깊은 밤이면 큰 방에 모여 민화투 밤새 치면서는,
인공보다 더 무섭더라는 때인데 남은 아들놈 하나 붙들
려가 소식 없어 눈물바람 콧물바람 해대기도 하고, 다
니던 학교 그만두고서는 알아먹지 못할 소리 씨부렁대
는 까닭에 손사래 치다가도 얼굴만 내비치면 오지게 기
뻐하던 영혼이

어머니라는 이름이 그랬다

집을 뜨고서는 지난날이

염천에 생각의 샘도 말라버렸다
붉지 않은 꽃들이 옷자락에 스쳐
바스락거리는 소리를 듣고서는
모든 것들의, 끝나고 나서 붙여지는 이름들이
떠올랐다
죽음, 아내의 폐경, 땅끝, 이별,

폭우에 집의 천장과 창문이라고 하는 데서는 모두
비가 새어 들었다
어머니의 흔적이 남아 있는 것들에서부터
그러니까 말하자면,
방문턱과 고이 눈감으시던 방의 한쪽 구들장에서
젖내 풍기던 아이의 손이 자꾸만 가 닿던 벽의 손자
국으로
비는 영화의 회상 장면 비슷하게
점점이 클로즈업으로 소리 내고 있다

내 몸도 수많은 것들의 기호로 가득 찼다가

염천과 폭우 사이에 길을 내어서는
천지사방간 희부연 순간에
저렇듯 집 앞의 백일홍 선연한 빛깔로
누군가에게 기억되는 날도 있을까 모를 일

집을 뜨는 동안 기억은
빗방울의 흔적처럼 잠시 머물다
부스러지는 시멘트 조각 사이로
아무 일 없이 흘러갔다

눈물 하나로 집 한 채 지어 놓습니다

나는 집입니다
풀섶 사이 한 켠에 놓인 의자에 앉아
옥수수 호박꽃 상추 한 잎
바구니에 따다가 맛있게 무쳐
밥상에 놓았던
기다림 하나입니다

여름날 뭉게구름 떠 흐르고
감나무 아래 벼는 푸르게 출렁일 때
밤하늘도 싱싱하게 푸른 날
눈물 하나 별똥으로 흘러 개구리소리
그렇게 밤은 깊어갔습니다
잠이 되었습니다

나는 눈물입니다
잘 썬 감자 된장국 한 숟가락에
눈물이 흐릅니다 눈물 납니다
세상은 정말 끝도 갓도 없어서

얼마나 아득했는지 몰랐습니다
얼마나 그리운 것인지 몰랐습니다

지금 나는 어머니의 뿌리로
집에 들어와 집에 앉아서
아득한 눈물 하나
집 한 채 만들어 지어놓습니다

눈물이 지붕이며 그리움이 바람벽이며
기다림이, 집의 문입니다

집안에 가득한 고요 하나

문득, 개구리 울음소리 멈추고
앞집 뒷집
세상 들판 가뭇없다
마치 때맞춰
점점이 하얀 날개 파르륵, 매미 한 마리
집으로 날아들었다
수 십 년 내 몸집과 함께 밥상 위에 앉아
때로 허겁지겁 때로 투덜투덜
아욱 된장국 한 숟가락에 머물렀던
내 성장의 시절 한 점
입맞춤하였다

황혼 붉은 서녘 산 편안한 집
낯익은 매미 한 마리 푸르릉
내 울컥대는 노래 차마 남겨두고
다시 날아갔다

집안엔

가득 찬 어머니의 흔적
가뭇없는 고요 하나

뒤늦게 사랑을 깨닫다

정씨가 죽고 마을은 고요해졌다
집 앞 감나무 마침, 연초록 새순 돋고
늦은 오후의 햇살 비껴
가끔 바람만 머물렀다

점방을 하던 어머니는
하루가 멀다 하고 술을 마셨다고 하였다
아직 그가 세상을 뜨기 전
한번은 우연히 논두렁에 서 있던 나를 보고
지나는 투로 말을 던졌다
땅 주인과 한참을 고래고래 다투고 난 뒤였다

둘째 아이는 열두 살,
막 세상에 나오던 해 어머니 심었던 감나무
부치는 사람 없어 논두렁 자운영 꽃
넌짓 5월의 잔 햇살 받아 환할 때
아이는 아비의 이야기 대신
떨어진 감꽃을 줍는 데 골몰하였다

미처 마음에 가 닿지 못한 말들, 세월들
지나고 나서야 적막한 가운데로
한없이 저녁 놀 사이 붉게 번지고 있었다

어머니, 금남로, 은행나무

등걸에 문득 푸른 새싹이 돋았다
지난 가을의 노란 은행나무 잎 채 마르지 않고
간혹 소슬바람의 흔적에 뒤척이는 듯한데

어머니 허공에 올라 애야 푸른 5월이구나
목소리 귓가에 쟁쟁하게 스며들고
가까이
무등산을 깨고나오는 붉은 태양이 금남로를 적시는
중이다

은행나무는 몇 년을 사는 걸까
그 화석은 다만 화석일까
붉은 심장도 기억하는 걸까
수많은 언어 중에서 가장 투명한 화인은 어디에 박히
는 것일까

은행나무 수 십 그루 가지런히 줄 지어 섰는 거리에
자동차 물밀듯이 달리는데

거기 사람들 푸르게 물드는 5월이
눈 끔벅대며 무등산 붉은 햇볕을 야금야금 아침식사
마냥 베어먹고 있었다

내가 사는 집은

뒷집, 아직 신산한 자두나무 한 그루
나이 이십의 열정과도 같이
바람에 살풋 제멋대로 가지 흔들다가
별안간 설 붉은 열매 떨구어 놓고
뒹굴기도 하거니와

서쪽 산으로 노을 질 때
어매 심은 감나무 들판에 기울어
싱싱한 이파리 송충이 잠자리 한 마리
집 떠난 자식처럼
색즉시공으로 날다가 멈추다가
고래고래 막걸리 한잔에 취한 그리움
새삼스레 저인 듯 아닌 듯 사래질하거니와

앞엔 뭉게구름
뒤엔 푸른 하늘 바위 산
풍상 겪어 닳아진 뿌리 하나 박혀 있어
낮과 밤 간단없이

문득문득 나의 이름을 부르기도 하거니와
이름 부르는 소리 여즉 그대로이거니와

내가 살던 집은
내가 살고 있는 집은

별 하얀 밤 산수유 꽃 이야기

눈이 큰 아내는 곧잘 눈물을 글썽였다
황사 지나고 그처럼 푸른 달을 보지 못했다
찔끔찔끔 봄비가 내린 뒤였다
홀로 한평생을 다 살아버린 어머니는
저렇게도 눈물 나게 빛나는 달과 별빛을
아무런 까닭 없이 바라볼 수가 없었을 것이다

유리창 밖 산수유 꽃
불현듯 이야기 속에 끼어들고
그는 눈물을 펑펑 쏟는다
마침, 지난겨울을 얘기하던 중이었다
그 중에는 세상을 떠난 친구 얘기도 있었다
아무 것도 남김없이 세상을 살다 가기란
얼마나 시린 것인가

그리워 할 것이 남아있음은
어렸을 적 지상의 수많은 것들 가슴에 새긴 까닭이다
무엇엔가는 한 시절 걸었다가 문득 절망해버린 까닭

이다
　봄비 내려 하얀 별
　겨울 지나 산수유 꽃
　연초록 가슴에 떨어지는 눈물 한 방울이
　밤을 하얗게 지나고 있는 중이다

젓갈과 나이

세상의 모든 눈은 나에게만 내리는 줄 알았던 때가
있었다
어머니가 있을 때였다

세상의 모든 비는 정말 나에게만 떨어지는 줄 알았던
때가 있었다
아버지가 그리울 때였다

세상의 모든 혹독한 사랑은 그렇게 눈부신 줄 알았다
처절하고
비장하고
통렬하고

일요일 저녁 누룽지 끓인 밥을 갈치 창젓에 맛나게
먹는 걸 보고 아이가 묻는 말에 문득
내가 먹은 나이가 떠올랐다

떨어지는 목련꽃보다 새순이 먼저

진달래 철쭉이 많이 피어났던 날
내 어린 시절의 꿈처럼 파랗던 하늘의
5월이던가 그날은
가슴 뛰게 하던 젊은 여인의 분내처럼
바람 솔솔 코끝을 간질이기도 하였는데

꿈이 시든 남자의 앙상한 미소같이
눈물지고 은행나무 푸르른 나무도 지고
햇살 눈부신 여름날의 한때도
목련꽃 떨어지듯 지나버렸다

내 목숨도 저렇게 부석부석 메말라서
메말라 떠도는 목련 꽃 이파리 틈새로
개미들 흐린 날 길을 건너듯
떨어지는 것을 찬찬히 셈하면서
새순 하나로 거기
저녁 햇살 끌어들이고 있을 것이다

제2부

기억이 힘이 될 수 있을까

– 망월동에서

그는 잘 다듬어진 계단을 따라 오붓한 동산을 뒤에
두고 거울처럼 햇빛을 반사하며 멀리 무등산을 깎아지
른 대리석 기둥과 미끈한 앞마당을 뽐내고 있었다

산벚나무 이팝나무 진달래 환한 옛길 걸어
얼마간은 회한도 있을 사람 몇
얼마간은 분노를 다스리지 못해 발걸음이 바쁜 사
람 몇
그리고 얼마간은 걸어온 길 돌아보며 아득한 눈길 적
시는 사람 몇
그렇게 초여름을 지나며 항상 그의 발치가 촉촉하게
젖어 있던 곳
회색의 새 한 마리가
사람들 발자국을 지우며 부리나케 날고 있는데

삐비꽃은 낮게 눕고
뛰노는 아이들 소리 쟁그랑거리고
하늘은 광활하다

반가사유

- 양동 시장에서

저 할멈, 명부전을 들락거리는 중이다

버스는 정신없이 사람들 퍼 나르고
옷전 싸전 어물전 채소전
흥정소리 아이 부르는 소리 닭 우는 소리
번데기 냄새 순댓국 끓는 냄새 시큼한 냄새

연속극 보다가 아이들 생각에
사진도 꺼내 보던 참이었다
젊은 시절 영감 얼굴 언저리 더듬다가 깜빡
잠이 들었던 참이었다 흠칫 놀라
나물바구니 아랫목으로 끌어당겨 봄밤을 설치던 참
이었다

할머니 보리 나물 한 봉지 주세요 하려다가
젊은 아지매 머뭇거리는
햇살 환한 봄날의 대낮

저 할멈, 부스스 눈을 뜨는 듯 다시 감는 듯

미륵 반가사유 彌勒半跏思惟

― 김영철[*]

박형!

모든 것들이 뒤죽박죽인 채로 밤이 새고 대낮이 지나는 날들을 본 적이 있을까 10일 간의 축제에 생의 목표가 맞춰져버린 사내의 눈망울을 본 적이 있을까

눈물이 말라버린 채로, 내가 보기에는 극단의 슬픔으로 영롱해져 눈물처럼 맑은 하늘을 담고 있는 그 투명한 얼굴

손가락 사이에 끼워진 담배연기의 자취에서 인간의 잔혹함과 동시에 또 다른 인간의 순결함의 경계를 이미 보아버린 영혼 ;

세상을 뜨지 못하고 생의 언저리에서 무엇인가를 붙들고서는 끝끝내 견디고 있는,

메마른 은행나무 우듬지 그림자 누워 있는 시멘트 블록에 걸터앉아 시선을 고정시켜 놓고서는 상원이와 용준이 등을 가끔은 호명하며 앉아 있는

그래서 그대들 순결한 기억 속에 태초의 세계가 머물고 있는 게야, 라고 말하려 했던 것일까

박형!

문득 떠오르는 것이었어 이미 그는 세상을 떴는데

그 사내 웃는 듯 조는 듯 허공에 새 한 마리 길게 날고

담배연기가 마치 천년을 건너 파란 하늘을 새털처럼

나는 듯이,

그렇게 문득 오월의 뒤끝을 생각하는 중인데

* 1980년 5·18민중항쟁 당시 항쟁지도부 기획실장. 그는 70년대부터 광주 광천동의 빈민 동네에서 주민운동을 전개하였고 박기순, 윤상원, 박용준, 박관현, 신영일, 박효선 등과 함께 들불야학을 열었다. 계엄군의 도청 진압 당시 체포되어 모진 고문을 당하면서도 항쟁의 정당성을 수호하기 위해 상무대 영창 안에서 자해한다. 이로 인해 출옥 이후 정신질환을 앓았다. 그러면서도 그는 가끔씩 동지들의 이름을 부르며 무한한 상상에 빠진 듯이 성경 구절을 말하기도 했다. 그는 98년, 세상을 떴다. 광주 5·18자유공원에는 김영철을 비롯하여 들불야학 출신 일곱 분의 추모탑이 세워져 있다.

반가사유

– 농부

잘 뚫린 도로를 따라 한가롭게 지나던 중
논두렁에 오래된 당산나무,
그 아래 담배 물고 농부 비껴 앉아 있다
새참 뒤끝인가 보다

오살할,
작신거리게 허리가 아프구나
아들놈은 뭔 일이다냐 기별도 없네
가봐야 쓴다냐 어쩐다냐 모내기는 다 마쳐야 쓴디
광주 쪽으로 휘감아 돌아나가는 재를 향하여
끙끙 앓는 소리 그렁그렁 숨소리 논물 흐르는 소리
바람결에 뒤섞여 잠결인 듯 부스스 눈을 뜨는 듯

알고 보니 아들놈은 진즉 세상 떴다는데
농사 짓느라고 생과 사를 모르는가
마침 개구리 한 마리가 풀쩍 논물을 튀기고
손가락 사이로는 담뱃재 떨어지는데

늙은 농부 그렇게 오월의 땡볕을 식히는 중이다

이십 년 만에 친구를 만나다

가끔 가슴이 떨렸다.
이 지구에서는 찬연한 격정을 빼놓고서는
그 꽃잎의 난분분을 알지 못하는 것이다.

살구꽃이 정말 무섭게 피었던 날
사랑도 깨져버린 남자 하나와
귀가를 두려워하는 놈 하나 만나서는
옷을 벗었다 입었다 어찌할 줄을 모르다가
그 절망의 별빛을 가슴으로 받을 수밖에는
딱히 어쩌지 못해서 그만
두 손을 내려놓고야 말았다

나뭇잎도 시들어 별빛 시린 계절의 한 언저리
어디에선가 숨 가쁘게 치어 달린 녀석들
별안간 마주쳐서는 속절없이 마주 앉아서는
긴가민가 한없이 서로를 바라보다가
떨리던 가슴 사이 비죽이 여즉 빨간 꽃잎 하나 보고는
마침내 몸 뒤흔들며 낄낄대고 웃어댔다

금남로에서 아카시아 꽃향기를 묻는
여인에게 답하다

아카시아 꽃이 많은 곳이 어디에요
한 여인이 물었다
광주에 가거들랑은
아카시아 꽃향기에 흠뻑 젖어들 수 있는 곳을 찾아
막 달아오른 열정의 날숨 같은 것으로
몸을 감싸보라는 말을 들었노라고
수줍은 듯 서울 말씨로 눈을 내리깔았다

꽃들이 지천으로 내달리다가 느끔하던 5월인데
붉은 입술로 거친 산을 타고 오르는
만화방창 진달래가 꽃지짐 피우는 걸 떠올리고서는
저 꽃이 더 낫지 않우, 저 산에 진달래 말이우 하는데
아니에요 도청 가까운 곳이라고 하였는데요
딴청이다

아무 말 없이도 사람들은 그들의 그늘에 몸을 쉬면서
더듬더듬 지난 시절을 추억한다는 것을 모르는 걸까
아카시아 향기는 말이우 영혼의 피 냄새… 라고 말해

주려다가
　저 줄지어 묵묵히 서 있는 은행나무를 보시우 라고
　그만 손을 들어 여인에게 가리켜 주었다

　여인은 물끄러미 나의 얼굴을 찬찬히 들여다보았다

5월 어느 날엔가

문득 개구리 우는 소리가 들렸다

물비린내가 후끈하게 밤공기를 달궈놓았을 때였다
막 잠들려던 어머니는
별빛 쏟아지던 사이로 희미하게 들던
아들의 그림자를 언뜻 보았다

감청 빛으로 어둠이 깔리고
만발한 초록 위
별빛이 마구 안개꽃처럼 피어나던 밤들
아직 다 팔지 못한 막걸리 텁텁하게 냄새 풍기고
기다리는 것은 남아 있는 삶의 쓸쓸함뿐일까
윗목 먼지 낀 사진첩 끌어당겨
마냥 앞뒤로 뒤적거리었다

세상에 홀로 남겨진다는 것은 얼마나 혹독한 것인가
눈물도 소리 내어 울 수가 없는 것
다만 어떤 것에는 반드시 취해야만 하였다

그렇게 어머니는 감나무 두 그루 집 앞에 심었다
함박눈과 홍시 하나와 까치 날갯짓
그리고는 손바닥만 한 잎새마다 햇볕과 빗방울들이
머물 때
한번은 얼굴을 깨트리며 크게 웃곤 하였다

개구리 우는 소리 밤새 논두렁 넘어 동네 한 바퀴 휘
돌고
문득 어머니는 잠에서 깨어나 한번쯤
하얗게 안개꽃으로 눈을 끔벅대며
담장 밖 발자국소리 가만히 귀 기울여 들었다

세 사내

잿빛 하늘이 바다와 말하는 것을 들었다
밤이었다
찬바람만이 가끔
홀연히 끔벅거리는 불빛과 함께
귀 기울이고 있었다

밤 깊도록 사내 셋은 물이 들고 나는 때에 대해서 이
야기하였다
물때를 기다리는 아낙네들
파도에 지쳐 그만 집으로 돌아가고
파도마저 스치는 달빛에 찔려 혼비백산 흩어지는 것을
알아듣고서는
화염의 뒤끝이 이렇게 온통 고요할 것을 생각한다

봄 햇살에
목련꽃 한 잎 또 한 잎 거리에 뒹구는 것과
붉은 동백꽃 순식간에 사라지는 것 사이에
쉽게 알 수 없는 눈물의 힘이 머무는 것을

누가 말하며 누가 가늠할 것인가

세 사내는 각기 잿빛 바다에 갇혀서
자신이 집중하는 것만을 얘기하고자 안간힘을 쓰고
있다

엇박자

이죽거리는 그의 말에 젖어들고자 한다
속절없는 것들이 어디 사람 사는 일뿐인가
긴 홍수 끝에 잠깐 찬란한 햇살 받고서
순식간에 물드는 나무 이파리들이라니
버틸 재간이 있으면 어디
도로를 뜨겁게 횡단하며 제 몸으로 길을 내놓는
소신공양의 지렁이라도 닮아보라지 그래,
하고서는 입가에 쓴웃음 간신히 가리며
맞장구를 치는 것이다
불혹의 나이를 핑계로
흔들릴 게 더 무엇이 있겠느냐며 헛기침 쿵쿵하는
것도
아이라거나 집이라거나 혹은 손때 묻은 추억의 지
갑이
자꾸 뒤통수를 잡아당기기 때문이라는 걸 다 아는
일이다

잘 닦인 길 사이에는 어김없이

나이 먹은 당산나무들이 끄덕끄덕 세월 가는 줄 모
르고
　백년이고 이백년이고 그저 서 있는 것처럼
　세상에는 변해서 좋은 것과 변하지 않아서 눈물겨운
것들이
　나도 모르는 사이에 내 삶의 흔적처럼 있는 것
　이때,
　계면쩍게 웃어야 하는 건지 딴 생각해야 하는 건지
　저 변하지 않는 시간의 속도와 나무의 등걸을 함께
가리키며
　결연하게 눈을 위아래로 휘두르며 자세 바로 해야 하
는 건지

　그래서 덜 섞인 술 한 잔과 물 한 잔처럼
　마음만 어찌할 줄 몰라
　오랜만의, 짧은 만남의 시간이 흐르고 있었다

옛 친구의 부음

언어 때문에,
얼마나 지쳐버렸는지 그냥 주저앉아서
하염없이 웃어버렸다
아직 가보지 않은 길에 대해서 말한다는 것은
보통 일이 아니었다

그리고,
그의 부음을 들었다
푸른 대나무가 떠올랐다
말갛고 하얀 이빨 사이로
텅 비어서 꼬장꼬장한 웃음이 보였다

그러나 마침내는 육신이,
널름거리는 불꽃이 되어 이승 떠나는 것을 떠올렸다
예전의 그 웃음소리 귓전에 남아 머물고 있을지라도
사는 일, 끝이 있었다
살아 갈 사람들, 이별이 있었다

미처 세상 떠난다는 소식을 말하지 못하였음에
이제 그리운 사람은, 하며 옛 친구는
가느다란 풀잎의 목소리로
하얀 들국화 한 송이를 한번쯤
세상 살았던 흔적으로 놓아주라고
내 지친 발걸음 끌어당겨
속삭였다

오늘, 막걸리를 마시는 까닭

비가 내리고 귀가 먹먹하다
목련은 다 졌다
슬픔의 뿌리는 어디에 닿아 있는가
아무런 까닭 없이 분주한 저 구름 떼
푸른 산이 마침내 제 몸을 내주어
안온한 집 한 채 지어놓고

나는 돌아갈 거처가 없어
아주 오래 전부터
퇴락한 주막의 문턱을 떠나지 못한다
망연히 낡은 주머니 속 시들어버린 추억을 만지작거
리다가
저 푸른 산봉우리에 뿌리내려
흐르는 바람 사이로 더불어 떠흐르는
하얀 구름을 바라다보면서
빗줄기에 스민 무색의 눈시울
창문 너머로 한참을 던지고 있을 뿐

다시 돌아갈 수가 없다
낯선 거리에

노동자 박씨

눈을 크게 뜨고 놀라며 손을 마주 잡았다
막 그를 보았을 때 알 수 없이 가슴이 아렸다
도로 위에 나뒹굴던 돌멩이들이 떠올랐고
매캐한 시대의 자욱한 푸른 연기가 맵게 다시 목에
걸렸다

얼음도 채 덜 풀린 개울가 매화꽃의 눈빛
길거리로 내쫓기던 그때도 그랬다
손바닥의 주름은 더 늘어 마주잡은 손은 까칠하고
무겁게 비껴 앉아서 괜스레 껄껄 웃는데
찬바람은 마침 시린 얼굴을 후리고 지난다

그의 아내와 이제 다 자란 아이의 이야기를 한참 하다가
지나간 옛 얘기처럼
삭막한 시절의 전망에 골똘하였다
벌어진 천막 틈 사이로 밤하늘의 별이 안개꽃처럼 하
얗게 밝고
뒤돌아볼 틈 없이 내달리다가 문득 올려다 본 그때처럼
별빛에 목이 메어 까닭 없이 눈물이 났다

제3부

상춘

곧 꽃이 피겠다
길어진 햇살이 술기운 내장의 끄트머리 췌장에도 가
닿겠지
흐린 날이 많았으니 길은 더디고
생각할 거리들이 더 많았던 날이었다

세상을 뜨는 살과 뼈가 더 늘어나는데
세상에 선보이는
말과 단어는 낯설다
뒹굴고 코 곯고 눈곱 닦은 집은
풍상을 겪을수록 봄이면
자두꽃 살구꽃 탱자꽃이 진창이다

개구멍으로 살진 황소개구리 엉금엉금 들락거리고
불쌍한 나비들은 계절도 변함없이
이 꽃 저 나무 향기를 좇아
바람에 휘날려 비상과 직하를 거듭하고 있다

계절이 마뜩치 못해 안절부절 못하는 물건들이 지천이다

기아의 봄날

젖지 않을 때는 모른다
비가
쓸쓸히 내리는 언어의 한 중심이라는 것을

스스로 화엄이지 않을 때 모른다
꽃이
피투성이 낭자한 순간 고요의 만천하인 것을

저, 저, 저 아이들
뼈마디 앙상한 나무 같은 것들
어찌하란 말인가 한번도
젖은 적 없고 날아가서 스스로 과녁이 된 적 없으며
깊은 적막으로 슬퍼한 적이 없으니

찾아오는 봄날의 따사로운 햇볕에 앉아서
망연히 누군가가 그리울 때였다

한로寒露 지나는 길에

달이 청명한데

해진 수첩의 끝자락을 들추고 푸석거리는 은행나무
이파리가
　마치 비닐하우스를 뚫고 하늘로 살랑살랑 날아오르
는 소년의 목숨처럼
　발밑을 뒹군다

가을이면 노랗게 되는 것이 나무뿐인가
들판에도 도시에도 숱한 거리에도
속이 타버린 것들이 샛노랗다

달빛에 비친 은행나무 잎의 시간을 가르며
그보다 더 오랜 바람이 겨울을 나는 새처럼
날카롭게,
날카롭게 살을 도려 지나고 있다

상사화 은유

야릇한 것,
솟구치는 호기심에 얼굴 붉어지는 것,
그러나 잘 교육받은 어린 나이에게는
불경스러운 것 불순한 것 볼썽사나운 것
그렇지만 쿵쿵쿵 자꾸만 들여다보고 싶은 것
말할 수 없이 신비스러웠던 것
어떻게든 해보고 싶었던 것

그렇게 나이를 먹는 것이다

싱싱한 새벽 공기를 따라 내처 뛰어나갔던 그 자리
이제 노을에 젖은 가슴이 그만 오른 발길에 차인다
사랑하는 사람이 있다고 말하지 말라
그러면 누군가 물을 것이다, 언제 헤어질 것이냐고
어떤 날을 그리워하기를 바란다면
네 몸의 상처를 낭자하게 내버려두며
동거하지 않음에 대하여 슬퍼하지 말며
발가벗은 몸으로도 꽃을 피울 줄 알아야 한다

선홍빛 상사화를 물끄러미 들여다보다가
잠깐 이런 생각도 하는 것이다

시를 잃을까 두려웠다

그 신랄한 추위를 견딘 다음 노곤한 봄 햇살에
일순간 자신을 다 바쳐버리는 꽃들을 본다
그리고는 남은 이파리가
은빛으로 붉은 독기를 내뿜는 것을
멀리 선운사에서 보았다

5월에는 모든 꽃들이
자취도 없이 떨어지거나 찢기거나
사라져야만 하는 것으로 알았다
그렇지 않고서 무슨 꽃들이랴,
아름다우랴, 붉디붉은 것이랴 생각한 것이다

신록의 나무들이 지겨운 무더위를 다 견디면서
깊은 여름을 지나
꽃 한 송이 피우지 않고서도 마음껏 출렁이는 것을
본다
저것들, 소슬 바람 불면 앞다퉈 자신을 말끔히 태워
차디찬 겨울을 준비할 것이다

모두를 다 내줘버리는 것들을 생각하는 동안에
문득
아무런 까닭 없이 세상에 태어났다가
아무런 자취 없이 다른 것들의 씨앗이 되는 것을 생
각하였다
그랬으면 되었다, 생각하였다

붉은 단풍이

한 생을 살면서 초록 새순처럼 눈물겹도록 싱싱한 때
가 있다
그때는 천지간에 생명이란 생명은 모두 그의 것
가까이 들여다보지 않아도 쿵쾅거리는 소리
더운 여름날 냇가에서 푸르른 계곡까지 울려 퍼져
모름지기 세상살이가 그의 초롱초롱한 눈망울만 같
았어라

그래도 가슴에 스산한 바람이 일고
이제는 까닭 없이 마음을 치고 가는 것이 있어
생의 옛 시절 하나하나 되짚어보며
아련한 노래에 젖어보는 것도
온통 붉은 꽃으로 타올라보았기 때문일 것이다

저 산이,
나무의 생과 더불어 사람의 세상을 견디어내는 것은
저 붉은 단풍 때문이었다

이런 것도 그리움이라면

바람의 냄새가 났다
숱한 시간을 견뎠을 눈물이 맺혀 있었다
담장을 간신히 넘어,
샛노란 개나리 꽃 하얀 목련 꽃이
시멘트 바닥에 퍼더버리고 앉은 붉은 머리띠만은
못하였다고

다시 돌아온 3월은 말하였다

꽃잎들, 어쩌면 저렇게
시리고 저린 이야기들
한 잎 또 한 잎 담아다가
나르고 또 나르는 것인가

지나온 자욱 잊지 못하는 것을
누구에게나 변명할 길이 없다

계절과 계절 사이 어느 날 저녁 놀

서쪽 산은 화염 속, 붉은 놀 무더기다
어둠을 등에 지고
한 점 굳건한 암흑 덩어리로야 하늘 닿는 것이다
저렇게 맞닿는 석양은 얼마나 환한 것인가
비 그치고
내 아내 말간 얼굴로 새록새록한 어스름 서쪽 하늘

집 앞 감나무 금빛 이파리 사이를
거미 한 마리 부지런히
집을 짓고 있다
동쪽으로 한 칸 서쪽으로 한 칸
다시 남으로 북으로 기둥세우고 서까래 얹고

살아보아야 안다 세월 기막힌 것
눈멀도록 대낮 태양을 바라다보아
길 걷고 또 걸어봐야 안다
저 붉은 하늘 저 단단한 검은 산

쏟아지던 비 피해 잠깐 적막 사이
거미집 방 한 칸, 붉게 물들어 차지한 잠자리 하나
귀뚜라미 여치 소리에
귀 기울여 춤을 추기 시작한다
저 산 오르던 그 사람 멈춰 서서
듣는 듯 귀 기울이는 듯
같이 덩달아 흔들흔들 춤추는 듯

한 여름에서 다시 한 가을로 가는 동안
짧은 비 그친 저녁 놀 석양 어스름

7월의 첫날 그렇게 서해바다는
저물고 있었다

처음이었네
서해 바다에서 보는 일몰
일몰에 깃들어 근엄한 섬과 낮게 드리운 수평선
7월의 첫날과 함께
찬란하네
깨진 조개 조각 몸집에 스며들어
모래알들 반짝거리는 것이어서
그것도 처음 내 눈길과 맞닿는 것들
눈이 부시네
마저 바라다볼 수가 없도록
하늘과 태양과 바다
눈이 부시네

7월의 첫날
이곳에서는
어떤 사람들이
어떤 추억들이
어떤 그리움들이

해풍에 모래 한 줌씩 가슴에 담고
끝내는 자신의 거처로 돌아가 버렸을지라도

남아있는 사람들 이미 붉어진 어깨 위로
다시 처음처럼 번지는 일몰
처음처럼 찬란한 물살 물살들
처음처럼 고요한 섬 하나 수평선 한 줄

7월의 첫날
서해바다는 그렇게 저물고 있었다

눈부신 가을

무등산에서 오는가 보다, 이 빛
구름 사이 부챗살로 쏜살같이 눈에 들었다
장마가 지나간 자리다
세간살이 모두 다 내놓고서
마침 발갛게 얼굴 붉히던 종두감 때문에
뒤돌아서 무등산을 바라보았다

초록은 싱싱하게 자랐으리라
사랑도 그만하면 누군가에게는 분명
아픈 추억이 되었을 게다
소슬한 바람이 불고서야
짐짓
옛 사람을 생각한다

코스모스가 살풋한 허리를
황토에 뒤범벅이 된 채로 눈부신 햇살
흔들어대던 중이었다

봄, 화전놀이

꽃들이 미쳤다.
개나리 진달래 목련꽃 복숭아꽃,
배꽃 유채꽃 살구꽃 개불알꽃,
지천이다
난분분 사람들 가슴에 햇살로
환장하게 지지는 중이다

강물, 푸르게 반짝거리고
햇볕은 꽃 이파리에 걸터앉아
순간
눈부시게 시절 찌르며 깔깔댄다
산등성이 나무들 파릇파릇 새싹 돋는 것
참 무색하게도

봄은 그렇게 왔다

석류꽃과 배추 흰 나비 사이

거리가 생겼다
기가 막히다
찢긴 상처들이 환하다
연초록 청무 이파리 사이로
나비가 날고 있다

바람이 불고
울면서 걸어온 길 위로
석류꽃 떨어져
길이 붉다

무심코 떠오른 낯익은 지난날
푸른 신록을 점점이, 석류 피어오르고
여백 사이로 퉁겨 날아오르는 나비의 빛깔처럼
하얗게 마음으로 아리다

석류꽃과 청무 배추 흰 나비
그 가까운 거리 사이가

섬광처럼 붉게 물들었다
기가 막히다
다시
시절 한 점 선연하게 자욱 남기고
마음이 고요해졌다

저 시린 달빛

지난 계절에 내리던 비,
다시 내리네
세상을 한바퀴 돌았네
사람의 세월보다 더 견딘 나무 한 그루 그대로
저 비 다 맞고 서 있네

지난 계절에 피었던 꽃
다시 피네
사람들이야 아랑곳하지 않고
그저 피었네
들판에 함께 서 있는 싱싱한 패랭이 꽃
구부정하니 향기에 젖어
푸른 하늘 바라다보네

지난 계절에 떠멨던 장송곡
다시 들리네 사람들, 다시 불러대네
낮과 밤이
계절과 계절이

해뜨는 것과 해지는 것이
섬광처럼 왔다갔다하는데
사람의 생과 사 모질게도 변함없네

길 떠난 사람 돌아오지 않고
비 그쳐
별빛 떨어지는 곳 거기 들판
누구, 누워 있는가 서 있는가
나무 한 그루 패랭이 꽃 들판에 달빛,
그런 것들 사이
아주 오래도록 시린 달빛
아무 일 없다는 듯 쏟아져 내리네

해 저물어 매미 울고

노을도 먹빛 구름에 젖어
느티나무 무성한 이파리들 사이로
점점이 붉은 눈물자국이다
가을이 오는 중이다

그리고는 밤이 드는 빨랫줄에서
속절없이 젖고 있는 하얀 속옷 물끄러미 내다보며
자지러지는 매미 울음소리를 듣고 있다
계절은 두고 매미는 생을 접고 있다
아는가, 혹시
푸른 하늘에 목 놓아 불러 올린 소리들
깊은 밤 별빛으로 하얗게 쏟아져 내릴는지

가까이서 자동차 시끄럽게 지나고
낯익은 사람들 떠나지 못하고
문 앞에 머물고 있는 사람의 영혼처럼
빨래가 바람에 잠깐 흔들리더니
까마귀 떼 높이 날아올랐다
다시 비가 내리기 시작하였다

제4부

도끼날처럼 아주 짧게

희망은 그렇게 왔다, 유쾌한 잡담처럼
시장 골목 국밥집 텁텁한 막걸리 잔처럼
반질반질한 만년필의 촉감으로
다 닳아진 뒷주머니 속 갈색 지갑의 일상처럼
아무 일 없다는 듯
별일 아니라는 듯
눈부신 것은 햇살이 아니라 조팝나무 하얀 꽃잎이
라는 듯

누군가 먼저 가지 않았던 길이라 할지라도
숲을 쳐서 나무를 울게 하고 새가 푸른 창공을 날게
하는
섬섬옥수로도
그렇게 희망은 오는 것이라는 듯

낯익은 비겁과 굴종과 아주 익숙한 배반을 가르는
날카로운 도끼날의 씩씩함으로
희망은 그렇게 왔다

근대를 찾아서

잔득잔득하게 묻어날 듯한 감상의 오라기 하나 붙들고
하늘은 낮게 깔려 누워 있다
저 혼자 까닭 없이 생을 부여받아 거처를 마련하고
지상에 뿌리내려 있는 것은
회색의 구름에게도 이름 하나 붙여줄 만하다

나에게도 이름 하나 다오
얼마나 많은 사람들이 기억할 수 없는 바람과 흙으로
개천의 물방울로 떠 흘러가 버렸는가
그것들 얼마나 많은 날
안온한 집 한 채를 꿈꾸었을 것인가

내가 걸어온 근대는
온몸으로 자신을 인내해버린
흔적 없는 아버지의 유골 속에 머무르고 있다
나는 그 육신의 집인 영혼을 좇고 있나니
어딘들 다른 이름과 다른 얼굴과 다른 향기뿐

황홀한 초생달의 자취와 일몰과 새벽의 여명은
여기 그대로 어제와 오늘과 내일의 이름으로 불릴
것이다
그러나 숱한 이웃과 이웃의 이름을 새겨 넣을
광장은 아직도 비어 있다
거기에 나의 이름 하나 새기게 해다오
불온하고 발칙한 세계 인류의 시대여

느티나무, 찔레꽃, 사람의 집 한 채

느티나무 한 그루,
일 백 년 세월 바람 가르며 서 있네
무성한 숲속 이파리 되어 삼십 년
제 몸 다 드러내 놓고 천둥 번개로 다시 삼십 년
타는 대낮 햇살 아래 세상 잡것들 그림자로 삼십 수년
그렇게 지상에 뿌리내려 서 있는 것이네

찔레꽃 한 송이,
연분홍 고운 빛깔로 나비 유혹하네
바람 불 때는 나비, 가시에 찔렸으리
눈보라 지나 쏟아지는 빗방울 다 받으며
이 여름 한 낮 나비 한 마리로
그렇게 찔레 꽃 한 송이 꽃피는 것이네

지상에 오래된 사람의 집 한 채,
저물어 어두운 길 지키고 서 있네
누군가를 기다리고 있네
상처투성이로 돌아오는 사람

모든 것을 다 내주고 오는 사람
슬픔에 젖은 사람
지나가서 집 한 채 흔적 남기는 것이네

나무와 꽃과 사람의 생애
벌거벗은 피투성이 시절 일백 수년을 견뎌내야 했네
그러므로 해와 달과 비바람과 나비 한 마리가
마침,
느티나무였던 것이네
찔레꽃 한송이었던 것이네
지상에 집 한 채였던 것이네

그러니 사람들이여 어찌하겠는가
느티나무와 찔레꽃과 사람의 집 한 채를
오늘도 바라보고 지나고 세우는 것일 밖에는

풀벌레 청하여 부르는 노래

한 서정시인이 나에게 말했다
"그것도 시냐"
나는 대꾸를 하지 않았다 그때는
1980년대의 시절 나는 노래의 날개를 접었다

절친한 친구는 나에게 말했다
"흘러간 노래는 이제 그만"
나는 웬지 부끄러웠다 그때는
모두가 해체되던 1990년대, 시를 쓸 수 있을까
몸서리쳤다
태양은 빛났지만 세상은 흔들리고
흔들린 만큼 세상 술 고래고래 다 마셔야 했다

길 가던 누군가 나에게 말했다
"시를 쓴다고 해보았자 시간만 헛되이 흐를 뿐"
나는 말한다 노래가 필요하다고
꽃의 향기가 아니라도
내 마음의 상처 쓰다듬어 주어야 하고

벗들에게도 불러 주어야 할 노래
그것이 서정시라면 더욱 좋으리라

지금 내가 말한다
"내가 불러야 할 노래는 나의 노래"
산허리에 서 있는 황혼에 겨워
발걸음 멈췄다가 넌지시 풀벌레 소리 청하여 이름 헤
아리며
바람 편에 전하는 수신호라고 해도 좋구나
그 이름
바람에 이는 그리움이라고 해도 좋구나
그 노래
다시 풀잎에 스며 이름 모를 누군가의
발길을 멈추는 노래라면

빗속의 나무들 불온한 집 짓다

날이 흐리고 비가 내렸다
희부연 초생달 비에 젖어
길거리에 서성거리던 몇몇 사람들, 마저
서둘러 제 집으로 돌아갔다

비에 젖은 채로 까치 집 하나 매달고서
아무런 은유도 없이 나무는 직립해 있다
그래 누군가는 지금껏
저렇게 곧장 두 팔 치켜들고
이 스산한 계절 맞서 버텼으리라

꿈을 간직한 사람들만이 나무가 되는 것은 아니다
아무 것도 가지지 못한 채
세상 속 곧장 벌거숭이로 서서
내리는 비 다 받으며 고요하게
까치 집 하나 키울 수 있다

그러므로 그렇게 해서 계절은

겨울에서 봄이 되고 다시 계절이 되어
날카로운 잎새 하나로
불온한 집 한 채 세우는 것이다
바람의 반대편에 서서 다시
지켜야 할 집 한 채 뿌리내리기 시작하는 것이다

굽은 등을 어루만지기까지는

겨울을 지난 꽃들, 직선의 비상으로 아름답다
허공을 찌르는 메마른 우듬지 끝
신록에 쩔쩔매는 파란 하늘과 햇살을 누가 불러들인
것인가
동백의 붉디붉은 곧은 상처를 어루만지려는 저 환
한 빛

날카로운 가시에 찔려 울음 밀어내서 하이얀 꽃들
탱자꽃 찔레꽃 대나무꽃
솟구치는 욕망을 다스리지 못하는 것들
욕망을 눈멀게 하는 것들
점이 이루는 빗방울의 일렬횡대
그 투신의 반짝거림

내 굽은 등을 밟고 가슴을 파고들다가 멀리 달아나는
기억의 흔적들이여
이제 직선은 얼마나 아름다운 것인가
좁은 땅 속 등걸 자꾸 밀어내며 피어나는 꽃들이여

대지와 햇살과 거기다가는 좁쌀의 영혼까지를 담아
둥글게 곧게 아름다운
열매여 이 길들이여
환하고 푸른 댓잎 같은 지나온 날들이여 나아갈 길
들이여

나는 이로써 혼곤한 내 발등에 급전직하의 눈물 한
방울 떨구며
부드럽게 젖은 이름들을 가만가만 호명한다

수많은 기호들 속에서

그날 총탄은 은행나무로 환유한다
거리의 차돌맹이들은
질주하고 투신하고 고독했던 무리들은
쏜살같은 시간의 혁명을 뚫고
열정과 환희의 대지로 꽃피어버렸다
돌아설 길이 없어서
아픈 상처를 내보일 수조차 없어서
바람처럼
망연한 바다와 대화했던 숱한 날들
미처 먼 길을 내다볼 수 없었지만
묵묵히 자신의 그림자들을 나눠가지며
고독했던 사람들
세상과 분별 정립했던 사람들
자신과 결별했던 사람들
그날 눈물겹던 화염은 쏜살같이 날아가던 청춘은
흐르고 넘치면서 장년이 되어
광장에서 촛불로 상상한다
득음의 메아리로 은유하고 상징한다

오늘은 직설로 내일은 몽상으로
어제는 상징으로 수많은 기호들 속에서
걸걸한 육성이 꿈틀거리고 있음을 보고 있다

사십대

위험한 나이다
낮과 밤을 마셔도 술이 맛있다
마누라도 어쩌지 못한다
취한 채로 쿨적거리며
'지금 그 사람 이름은 잊었어도…'
가슴은 차마 두근거리는 나이
그리하여
아직 남아 있는 인간의 잔재마저
앞서 간 자들에게 차이고
뒤따라 부지런히 걷고 있는 자들에게 할퀴며
늘어나는 뱃살과
늘어나는 하얀머리와 주름살을 휘날리며
'오늘도 걷는다마는'
반드시 어디론가는 가야만 하는 나이
그런데,
꽃은 왜 저리 예쁘다냐
은행나무 잎이 떨어진 거리는 왜 저렇게 황금빛이라냐
돌아갈 곳은 유년의 노을이 어리는 언덕 길 위일 뿐

그렇게 나이가 들어가는 때
세상의 수많은 것들에게 흔들리는 때
하나의 유혹에도 목숨을 걸어버릴지도 모르는 때

40대

일천 개의 꽃으로 일렁이는 하나의 강

초가을 푸른 하늘아래 선홍빛 연꽃은
시궁창 속에서 오래, 뿌리 썩어
피어난다
밤에는 달빛 대신 제 몸을 물살에 비추고
낮에는 붉은 꽃잎, 세상 바람에 흔들리며
또 하나의 강물 흘러갈 때
연꽃 피어나고, 연꽃 시들어 갈 것이다

계절의 끄트머리 사이로 매미는,
10년을 기다려 10일 동안
느티나무 마음껏 뒤흔들어
젖은 날갯죽지 불이 붙어 녹아버릴 때까지
매미 노래하고, 매미 죽어갈 것이다

새카맣게 썩어 꽃이 되는 뿌리
거리로 내려와 피투성이로 부르는 노래
그리고는
위로 받지 못한 사람의 땀과 노고를 씻어가며

낮게, 깊게, 더욱 바닥에 누어 흘러가는 강물

누가 이르겠는가 이제는 일천 개의 꽃으로 일렁이는
강물의 거울을
그 속에 파묻혀 떠흘러가는 것들만이
물살에 제 몸을 씻고서는 반짝반짝 빛나는 까닭을
거기에 비로소 정주하는 것들의 이름이
천천히 명명되고 있을 것임을

나의 공포

시간이 기차의 등을 타고 달린다
기차는 나의 발걸음에 매달려 있다
느리게 아주 느리게 여린 햇살을 받고서는
동백꽃 붉은 빛이 바닥에 떨어져 뒹군 순간
백설과 신록이 신록과 백설이 지난다

오래된 꿈은 너무 오래되어서 낯설다
그리하여 눈이 멀어버렸다
이 슬픈 간격을 어찌하랴
낯선 낡은 외투를 벗어던지지 못하는
저 벌거숭이들의 썩은 뿌리를 들여다보면
유랑하는 것들의 까닭을 알아차릴 것이다

몸은 빠르고 신념은 오래되었다

제5부

혼자 마시는 술

나에게 왔던 것은 불이었다
나에게 왔던 것은 물이었다
나에게 왔던 것은

정말 나에게 왔던 것은
무엇이었을까

사방을 미친 듯이 떠돌다가
지쳐 늘어진 혓바닥을 질질 끌며 흙탕길을
털 빠진 늑대 한 마리가 지나고 있다

세상은 밤마저 하얀 눈으로 마무리하는 중이다

네팔의 달

우르르 몰려가는 게 보였다
시간은 앞뒤로 흐르다가도 머무르고
머무르다가도 다시 뒷걸음질쳤으며
나아가서는 산맥과 거대한 강물을 뛰어넘어 달리기
도 하였다

손잡이도 떨어져나가 붉게 녹슬은 자동차 유리턱을
발로 받치고 머리에는 띠를 묶은
새카만 젊은 청년들이 거리를 내달렸다
하얀 별이 빛나고 있었다
도시의 복판, 바쁘게 오가는 오토바이와 소형 삼륜차
자전거와 창문도 없이 격정적으로 내달리는 버스 들
버스 들
모든 달리는 것들은 얼마나 빠른 속도로 과거로 과거
로 기운차게 내달아 가는지
저기 저 붉은 벽돌 기둥과 우물과 마을의 광장을 가
득 채운 코흘리개 아이들
이층 창틀에 앉아 허기진 팔뚝으로 마당의 종소리를

퀭하게 바라다보는 노파들
　귀퉁이가 모두 떨어져 나간 공동우물에 주저앉아 다
소곳이 빨래하는 노인과 처녀는
　뉘엿뉘엿 넘어가는 노을의 빛깔에 얼굴 반짝거리고
있었느니

　나는 시간의 미래에서 꽤 지친 표정으로 멀리 날아와
　나의 과거를 비추고 있는 달에게
　시간의 정체를 물어보았다

　달은 아무 말이 없었다

무등에서 파도소리를 듣다

얼마간 눈보라가 그친 뒤
세속의 사람들 도란도란 오솔길을 돌아서
점심참을 막 넘기는 때였다
또는, 앞에 간 사람들의 발자국이 어수선하게
이어졌다 끊어졌다 길의 대열을 이루기도 하고
혼비백산하여 흩어진 기억의 순례같이
점점이 낯익은 나무의 소리를 듣는 때였다

분명 물이 차오르고 있었다
나뭇잎 흔드는 소리, 돌멩이들 딸그락거리고
얼마나 걸은 것인가 땀 흐르는 대로
곰바우를 돌아 가만 멈춰 서서
앞 산봉우리를 넘어 멀어지는 새 울음은 새 울음대로
허방을 딛고 바라보는 금남로 사이 빌딩 숲은 빌딩
숲대로
그렇게 무등에 올라 바다를 생각하는 때였다

누구는 스치듯 지나간 날을 애기하였으리라

거기에는 첫사랑의 다디단 추억도 있고
마지못했던 거짓말도 있고 회한도 있고
붉디붉은 새벽을 맞아 가슴 뛰던 날도 있었으리라
어떤 이는 은사시나무 등걸에 앉아 망연히
절망과 희망의 길을 물었으리라
삶이라는 것이 이렇게 천근만근 무게가 있었던가
처연히 서쪽을 넘어가는 하얀 달의 중력을 바라보며
누구누구는 그렇게 계곡의 바람에 마음의 배를 띄웠
으리라

그렇게 가장 낮은 데까지 내려갔다가 수많은 것들의
속설을 몰고
바다가 계곡 아래서부터 찰랑찰랑
무등의 중턱을 차오르고 있었다

다시 무등에 오르며

나는 시름을 털러 산에 간다
신바람 났던 간밤의 욕지거리들,
조금은 미안해져서 다소곳이 산에 간다
세상사는 것들에게 안녕하다고
세상은 별 탈 없다고

나는 어처구니 없는 순간들을 잊으러 산에 간다
사랑하는 사람에게서 절망하고서는,
정말 알 수 없었던 어떤 날의 슬픔과 분노를 떠올리
고서는,
마음을 진정시키러
사는 것은 다 그런 것이라 숨 한 번 돌리러

그렇게 많은 시절들을 산에 올랐다
혹은 맑은 날에
혹은 추적추적 계절을 바꾸는 비가 내리는 날에
혹은 게바라가 치켜들고 놓지 않으려 했던 깃발 같은
별과 초승달이 하얗게 길을 밝히던 혼돈의 밤에

누군가에게는 반드시 희망을 주었을 것이다
누군가에게는 반드시 그리움을 갖게 하였을 것이다
누군가에게는 정말 틀림없이
미처 깨닫지 못한 수많은 나무의 흔적을 담아가게 하
였을 것이다
침묵하는 법을 가르쳐 주었을 것이다

잔설을 머리에 이고도 푸르게 하늘을 받치고 있는
12월 31일의 무등산
그렇게 꼭 한번은 모든 것을 새롭게 시작하라고 오는
1월 1일의 무등산
그러나 오늘은 나하고만 일대일로 소곤거리는
산, 저 산을 바라보며
나는 산에 간다 무등산에 간다

술의 비망록

어떤 날이었다

으스러져버린 예루살렘의 광장에서 아마도
인간이라는 이름이 무상함을 알리는 물살이었을 것
이다
날카로운 햇빛조각에 이리 찔리고 저리 찔리며
서해안의 한 섬까지 다다라서는
처연한 눈빛을 파고들었다

사라지는 것들은 잠깐, 아주 잠깐만
흔적을 남기는 것일까
그러다가는 저렇게 날카로운 빛을 내는가
비명의 잔해가 남아 일렁이며
지금, 금남로에 맞닿은 바다에 이르러
저렇게 아우성을 내는가

그저 다 지나간 겨울의 한 자락을 보러 바닷가를 찾
았다가는

출렁이는 물결과 십자모양으로 쏟아지는 햇살을 보
고는 술 한잔 하다가 적은 것이다

갯지렁이 한 마리가 집을 짓고 있는

내가 그곳에 갔을 때는 이제 막
해가 저물고 있었다
그 짜디짠 바람을 몰고서 사정없이 후려치는 파도,
푸른 용광로에서 일렁이는 붉은 불덩이들
은빛 잔해로 뒹구는 백합과 투구 게와
일찍이 지상으로 돌아와 불덩이에 빠져 허우적대는
초승달까지

시멘트 블록을 허리에 짊어지고 끙끙대고 있었다

물거품 머금은 갯지렁이 한 마리
일용할 양식으로 만족하여 교각을 떠메고
서해 푸른 불구덩이로 물고 들어가고도 있었는데
이웃이 아니었던 낯선 것들이
눈만 꿈벅대며 바라보고 있었고

나는 포만한 뱃가죽을 두드리며
신록과 녹음방초가 물결처럼 출렁이는

바다의 일몰을 물고 집을 짓고 있는
갯지렁이를 보고 있을 뿐
썰물의 그림자를 밟고 서 있을 뿐

그대에게 단 하나의 것을 묻는다

수상한 일이다
진눈깨비가 내리고 있다
하늘은 장엄하게 붉다, 저 멀리 서해가 가까운 것인가
쏟아지는 것들이 하얗게 긴 호흡을 내뿜는다
창가에 서리는 것이 입김이라면
지구는 지금 온통 뿌연 안개로 자욱하다

적은 내부에 있다
적도에서 남북의 극단에까지 가보지 못한 것을 탓하랴
굶주림과 질병에 시달려보지 않은 것을 탓할 것인가
다르게 또 다르게는,
정신이 가장 명징하게 파르르 떨던 순간을 마다했지
않았던가
그러므로 어찌,
하얀 눈과 붉은 일몰의 비슷한 것에 대해서 이해를
구할 수 있겠는가

수상한 일이다
아무 일 아니라는 듯 눈앞에서 벌어지는 학살은 그래,

누구의 일인가
화염의 길이 이미 깊숙이 자신의 영혼에게 나 있음을
기꺼워했던 것은
젖은 아스팔트 거리를 함께 걷고자 하였음이므로
그 길의 끝은 얼마나 오래 지속되는 것인지
얼마나 단순하게 저 진눈깨비에 머리가 터지면서도
생을 살 수밖에 없는 사람들을 껴안아야 할 것인지
모두 다 알고 있는 사람의 일인데

수상한 일이다
이미 오래 전부터 내통자가 있었다
가장 가까운 사람이 등을 돌리고
가장 잘 아는 사람이 온몸으로 거부하고
자신이 무엇인지도 모르는 배신자들은
직립보행의 쾌락에 진눈깨비 하얗게 내리는 줄을 모
르고 있다

그리하여 그대에게 묻는다, 그대는 누구인가

시베리아 추위가 닥치던 날 어떤 술집에서

R이 가고 난 뒤 술잔은 너무 가벼워졌다
물론, 보드카가 아니라도
충분히 쉽게 취했고 취한 술이 덜 깨고서도
또 마실 술은 충분했다 술집도 충분했다

술이 뇌리를 꿰뚫고 지나고서야
대가리에 권총을 쑤셔박고 순번을 돌며 새로운 세미
나를 시작하던
그 게임이 번뜩 스치는 것도
심각하던 코털의 근엄함도
모든 것이 에피소드에 불과한 것이다라고
술집 화장실 벽에 쓰인 낙서와 기가 막히게 의사소통
되는 것을
알게 되었다
1980년대에는 상상할 수도 없었던 펄펄 뛰는
극치의 상상력이다

물론, R이 건재하던 때에도 술은, 섹스는

수많은 인류의 가장 빛나는 일상의 안녕이었다
그래서 수많은 인류의 빛나는 일상을 모두 건사하기에
오로지 한 사람에 불과했던 R의 생은 너무 짧았다
제기랄,
바람난 암말같이 잘 빠진 인민들을 무슨 수로
낮과 밤을 다 행복하게 할 것인가

우연한 카페에서
이미 떠나버린 R을 추억하다가 마시는 술은
술잔에 달라붙은 지폐의 무게를 이기지 못한 몸뚱이가
그저 서글픈 어떤 연대의 한 추억거리에 주저앉아
다시 빈 주머니인 채로 술을 퍼마시게 하고 있었다

야만의 이름으로 사람의 길을 묻노니

창공을 가르고 언어 하나가 가슴에 박힌다 ; 살려달라
명멸하는 풍경들 속에서
꽃을 찾아볼 수가 없었다, 꽃이 피었던가 그곳에
나뒹구는 육신들 달려들어
내 팔과 다리를 물어뜯고
잘 차린 식탁 위로
희부연 먼지 속을 흐르는 검붉은 핏방울처럼
허기진 입속에 소녀의 두 눈망울이
시디신 포도 알로 피어났다

다시 까무룩 기억한다 ; 하늘을 나는 새가 있었던가
푸른 6월의 햇살을 뚫고 쏟아지는 괴기스런 톱질 아래
신록으로 몸 부딪는 저 전율의 노랫소리를
사람들은 모두 듣지는 못했을 것이다

그러므로 차라리 망각의 이름으로 만찬을 즐기라
이 풍요에 겨운 시간을 주재하는 인간들이여
대지에 새겨진 언어와 꽃과 노래의 기억은

단지 살아있는 시간만이 간직할 따름이니
저주받은 이성으로 자신의 귀를 열어
스스로를 참수하고서야
인간의 시간을 노래로 들을 수 있나니

오오, 어찌할 것인가 멋진 현실주의자들이여

새로운 꿈을 꾸기 시작하였다

때로 마음이 아팠을 것이다
백척간두에 서 있는 것들이 울음 우는 소리를
감미롭게만 들었을 것인가

그가 서 있는 자리가 그랬다
한 평 반이었다가
밀려드는 물결로 출렁대던 푸른 바다 전부였다가
허공을 나는 돌멩이 한 점으로 감청색 밤하늘에 떠
있으면서
항상 도시의 첨탑 같은 것이었다

나는 옛집에 돌아와 가만히
어머니의 색바랜 사진을 놓고
노을을 보았다
환한 하늘을 비껴 점점이 떠오르는 별을 보았다
앉았다가 서성이다가 돌아보다가 가만
새순 돋는 풀내음도 맡아보고 있었다

그러므로 나는
그의 제안을 거절하였다

절망에 빠진 그에게 나는 다만

수많은 언어들이
나를 지배하다가 떠났다
그중 가장 털털한 것들 아직
남아 있다

바람 찬 어느 날,
매우 슬픈 얼굴을 하고
그가 찾아왔다
여기저기 온통
찢긴 몸뚱이로
찢긴 언어로
얼굴은 퉁퉁 달아오른 채였다

허리 굽혀
길섶 가장자리에 가만 피어난
노랑 민들레를 가리키며
내게 남아 있는 것들 중
그냥,
눈물이라는 언어를 나누어 주었다

| 발문 |

'참방' 의 막걸리처럼 젖던 시절의 예의

조성국 시인

    얼른 눈대중으로 재고 정중심을 짚어내듯이 스며든 세월이 깊다. 막걸리처럼 밑바닥에 진하게 가라앉아 있는 배릿한 배냇냄새, 더 깊은 곳으로 들어가면 좀 더 빠른 세월 안에 나오게 된다는, 이를테면 깊이 들어왔으므로 나는 더 빨리 되돌아 나가게 된다는 온몸으로 흔들어 일어나는 밤저녁 같은, '시를 잃을까 두려워하는 비망록' 같듯이 그 만나옴에도 가닥이 있었고 무늬와 결이 있었다. 마치 정교하게 포개진 치자 꽃망울의 가닥 같고, 흐르는 물살의 여울진 무늬 같고, 대패로 맨들

맨들하게 깎아 놓은 널빤지의 결 같은.

상기해보면, 이제 막 젖을 뗀, 이빨이 돋기 시작한, 입주댕이가 근질근질거려 토방에 말려놓은 하이얀 운동화를 자근자근 물어뜯어 버린 강아지처럼 말썽만 피우던 신입을 막 벗어 날 때였을 것이다. 은밀한 목소리로, 문학 서클에서 사회과학을 학습시키는 여자선배에게 마르크스를 읽고 싶지 않다고 고백하며, 습작 시 몇 편을 보여 준 적이 있었는데, 그리고 꽤 오랜 동안 까마득히 잊어먹고 있었는데, 어느 날 문득 그 여자선배는 붉은 밑줄이 쫘악짝, 그어진 내 시편들을 건네주며 '조진태'란 이름을 들먹이며 일침을 가해왔다. 5·18을 노래한 시 「일어나라 꽃들아」를 조선대 교정과 광주의 중심인 충장로 일대에 배포해 제적당한, 얼굴도 못 본 우상으로만 존재했던 전설의 선배였다. 게다가 그 무렵 가장 주목받는 활동을 펼치던 '5월시' 동인들이 만든 매체, 『민중시』 첫 호로 등단한 시인이었으니, 붉은 줄이 선명한 눈빛으로 내 시를 봐준 자체가 그저 황송할 따름이었다. 또, 시를 운동의 연장으로 생각했던 내가 어설프게 사회과학으로 단련해가는 과정에서 발생하는 의문의 답을 어느 정도나마 얻어냈었으니, 우러리볼 수밖에.

　그뿐만 아니었다. 노동자들 곁에서 전선을 바라보는 진정성, 그것만이 참다운 현실로 여기던 그의 꼿꼿한 직립보행이야말로 내가 신발 끈을 질끈 조여 맨 채 내딛고 싶었던 발자국이었다고 고백하지 않을 수 없다. 적어도 그땐 그랬다. 지하 속의 비밀 결사조직 같은 형과의 첫 대면은 삼자를 통해 그렇게 이루어졌다. 물론 얼굴도 모른 채 말이다.

　대개는 내가 자진해서 불려나가는 편이다. 다른 사내의 손때를 애써 가린 화장발의 옛 여자를 스쳐 만나는, 그럴 때만큼은 아무 것도 그리워하고 싶지 않는 날처럼 비가 오고, 어김없이 세월간이주점 '참방' ('참새와 방앗간')으로 건너갔다. 하여간 광주광역시 상무2동사무소 모롱이에 있는 그곳에 가면 거쿨지게 웃는 자칭 맑스주의자인 진태 형과 이마를 맞댄 채 다소곳이 도란거리던 김경주-그는 항상 접장질하며 절필한 화가라고 말하곤 하지만 나는 위장 폐업한 화가라고 생각하고 있다- 형이 있었고, 경주 형의 손가락에서는 종종 먹의 질량에 젖어가듯 바스락거리는 화선지 소리가 나곤 하였다. 그들이 아니라면 거기까지 가진 않았다.

　그런 저녁, 귀 빠진 탁자의 뚝배기그릇엔 살코기는

물론 비계, 간, 곱창까지 담겨 나오고 또 숟가락 가득 오만가지 인상을 찌푸렸을 돼지 물큰내를 뜨는 동안 주저리주저리 오가는 말씀들 모르는 척 들어야 했다. 문화중심도시며 그 도시의 관절 앓는 듯한 노욕의 시민운동가며, 5·18이며, 그때 부상당한 동네, 풋낯의 토박이와 왁자지껄 생막걸리 잔을 기울이는 와중에도 살그머니 내 뚝배기 밥그릇에 고깃살 여러 점을 퍼주던 땐 문득 말 못할 무지근한 사정 하나 확, 털어내고 싶다가도 자꾸만 말을 멈칫거리고 말았던 건 간이주점처럼 생을 막장까지 우려낼 수 있다는, 그래서 당대의 세월쯤은 예사롭게 건너갈 수 있을 거란 믿음 때문이었다. 그도 그럴 것이 잉여생산물 같은 그림도 시도 때론 사업도 잠시 그만 접을 줄도 아는 형들로부터 인간을 위한 세월에 대한 예의를 깍듯하게 교양 받던 까닭에 야심한 그 저녁에도 주저 없이 참방을 들러 가곤 하였다. 다른 사내 손때를 애써 가린 화장발의 옛 여자를 스쳐 만나는 그즈막의 세월에 마신 막걸리 양을 헤아린다면 아마 그건 꽤 큰 논 열 댓마지기는 되고도 남겠다.

"쓸쓸하겠지만 마음을 다잡는다/더 젊었던 시절/곧장 태양을 향해/빠른 발걸음만으로 내달렸던 시절/저

녁놀의 붉은 영혼에 마음을 걸어/단 하나의 꿈만을 꾸었던 시절/아름다웠다 아름다워서/……/꿈꿀 수 있어서 아름다웠던 시절/술 한 잔으로도 세상을 마음껏/껴안았던 날들이여”. 그렇게 한 시대를 열정적으로 살았던 감촉, 진태 형의 손아귀에 잡혀본 사람들은 알겠다. 곰바위 같은 근육질의 손안에 얼마나 뜨겁고 섬세한 시적 감수성이 옹송거리고 있는지를. 그것은 훈련을 통해 얻어진 인식의 어떤 것이 아니라 오래 아파한 채 숙달한 사람만이 풀어놓은 삶의 질감. 상황을 분석하고 현실을 개념화하여 전망을 가늠하는, 죽은 언어에 익숙했던 나는 늘 열없이 웃거나 침묵할 수밖에 없었다.

그때마다 꼭 엉뚱하게 외둘러지는 낭만처럼 충동질을 해대는 것이 있었다. 별것도 아닌 것이 꼭 뒤떨어진 곳에서 생겼다. 남들이 버리고 간 길을 홀로 뒤쳐져 느리게 걷고 있는 사람의 내면을 바라보듯이 갑자기 환해진다. 꼬옥 진태란 형이 그랬다. 형의 자리가 비어있을 때 더욱 그랬다. 한 풍경이 한 생각에 스며들 듯이. 누구는 그 풍경을 이렇게 말했다. “세상에서 제일로 아들을 존경하는, 세상에서 제일로 어머니를 사랑하는……, 절로 무릎이 꿇어지는 어머니였으며 대뜸 탄성이 나오게 하는 아들, 이 훌륭한 모자가 눈이 시리도록 사는 모양을 보았다면 그는 필시 인간의 존엄함이 어디에서 우러나오는 것인가를 목도하게 되리라."고.

나는 그렇게 분명 몇 몇을 줄곧 꼬드겼을 것이다. 그리고 진태 형이 "눈물로 지어 놓은" 그 "옛집에 돌아"가 가만히 "어머니의 색 바랜 사진을 놓고/노을을 보았고" "환한 하늘을 비껴 점점이 떠오르는 별을 보았고" "앉았다가 서성이다가 돌아보다가 가만/새순 돋는 풀 내음도 맡아보는" 어느 날엔가 해맑은 눈동자가 큼지막한 아내와 아들 둘과 함께 외롭고 쓸쓸히 제사를 모시는 한밤중에 쳐들어가 "가장 익숙하나 가장 낯선 이름의" 영혼을 만난다.

"손톱자국 상처 하나 나지 않은 영혼//바늘자국, 갈퀴에 긁힌 자국, 칼에 베인 자국, 연탄불에 덴 자국, 주먹으로 얻어맞은 자국, 머리끄덩이를 잡혀 흔들린 자국, 시아주버니라 불리는 야수의 몽둥이에도 상처 하나 나지 않은 영혼//한 사람의 목숨붙이에 그렇게 혹독한 세상이 훑고 지나도 꿈쩍 않은 영혼//길쌈도 하고, 밭고랑도 매고, 빨래터에서 빨래도 천연덕스럽게 하고, 서방 세상 뜨고 새마을운동 나가서 논두렁 이리 떼고 저리 붙이고 밀가루 한 포대 받아다가는 수제비도 끓여 먹고 점방 열어 풀빵, 일원에 몇 개씩 코 묻은 돈 장사 밑천 보태기도 하고, 아들 한 놈은 해병대 지원 가서 월남 땅으로 보냈다가 제대도 못하고 화장해버리고는 막걸리와 봉초 담배로 벗하고서 동네 아짐들 모여 상추쌈 배추쌈 입 터지게 싸먹기도 하고, 어둠 깊은 밤이면 큰방에 모여 민화투 밤새 치면서는, 인공보다 더 무섭더라는 때인데 남은 아들놈 하나 붙들려가 소식 없어 눈물바람 콧물바람 해대기도 하고, 다니던 학교 그만두고서는 알아먹지 못할 소리 씨부렁대는 까닭에 손사래 치다가도 얼굴만 내비치면 오지게 기뻐하던 영혼".

천상, 그랬을 것이다. "후끈하게 밤공기를 달궈놓고" "별빛 쏟아지던 사이로 희미하게 들던/아들의 그림자를 언뜻 보았"을 것이다. "감청 빛으로 어둠이 깔리고 / 만발한 초록 위 /별빛이 마구 안개꽃처럼 피어나"는 "세상에 홀로 남겨진다는 것은 얼마나 혹독한 것인가/ 눈물도 소리 내어 울 수가 없는 것/다만 어떤 것에는 반드시 취해야만 하"기라도 하듯 "그렇게 어머니는 감나무 두 그루 집 앞에 심었"을 것이다 "함박눈과 홍시 하나와 까치 날갯짓/그리고는 손바닥만 한 잎새마다 햇볕과 빗방울들이 머물 때/한번은 얼굴을 깨트리며 크게 웃곤 하였"을 것이다. "개구리우는 소리 밤새 논두렁 넘어 동네 한 바퀴 휘돌고" 문득 어머니는 "하얗게

안개꽃으로 눈을 끔벅대며/담장 밖 발자국소리 가만히
귀 기울여 들었"을 것이다.

"금남로에서 아카시아 꽃향기를 묻는 여인에게 답
하"듯 하고 싶은 말은 깊다. 하지만 진태 형의 삶의 원
형질 같은 어머니 말고는 솔직히 버겁다. 그것도 형이
써놓은 시를 훔쳐본 까닭에 비로소 엿볼 수 있는 일이
었는지라 죄만스럽기 그지없다. 솔직히 말해서, 진태
형과 술 마시는 사람들로 치자면 나도 몇 번째 빠지지
않는다고 자부한다. 게다가 한번씩, 수가 뒤틀린 일이
빚어지면 꼭 밥숟가락을 집어 들고 후배들의 머리통을
어김없이 때리곤 하는 습벽이 있는데, 나는 여즉 한 번
도 맞은 적이 없으니, 그 대가로 내 몫도 아닌 이 버거
운 발문의 고역을 치르고 있는지도 모르겠다. 고역도
진태 형의 총대에 비한다면 즐거운 고역이겠다.

　매번 총대는 진태 형이 다잡는다. 일은 봇물 같은 일
이라고 쳐두자. 어느 구석 어느 낮은 곳을 남겨두고는
멈추지 않겠다는 듯이 고른 수평을 이루고서야 연둣빛
여린 적묘 착, 착착 들어앉히는, 그렇게 막힌 논둑의 흙
몇 삽 파 옮겨 봇물의 흐름을 바꾸어 보자고 하는 일이
라고 치자. 그럴싸한 명분을 앞세워 보지만 지극히 나

이 많은 어르신들이나 대선배들이 말썽을, 훼방을 놓는다. 엔간히도 나이 차이가 많은지라, 이러지도 저러지도 못한 채 골머리를 앓고 있으면 어김없이, 맹렬히 나서 준 것이 바로 진태 형이다. 어쩔 때에는 후배들을 감싸고돌다가, 그가 모시고 있는 직장의 직속상관한테 대들기까지도 했는데, 그 양반도 시내에서 주먹깨나 썼던 왈패에다, 모 대학 총학생회 출신이었으니 그냥 놔두었겠는가. 응징은 고사하고 밥줄 내지는 목줄까지 끊길 판이었으니, 곧장 석 달 열흘을 붉게 빌고 빌 도리밖에. 아마도 내게 머리 복잡하거나 울화가 치미는 사태가 빚어지면 제일 먼저 진태 형을 찾는 버릇이 생긴 것도 후배에 대한 이 저돌적인 총대 때문이 아니겠는가.

하여간 또, 세월간이주점 '참방'에로 건너가 봐야겠다!

조진태

1984년 시무크지 『민중시』 1집에 「어머니」, 「우리들이 살아가는 것은」등을 발표하며 등단
했다. 시집으로 『다시 새벽길』이 있고 한국작가회의 이사, 광주전남작가회의 부회장으로 활동
하고 있으며 5·18기념재단 사무처장으로 일하고 있다.

e-mail | rockjo@hanmail.net

문학들 시선 015
희망은 왔다

초판1쇄 찍은 날 | 2010년 12월 13일
초판1쇄 펴낸 날 | 2010년 12월 20일

지은이 | 조진태
펴낸이 | 송광룡
펴낸곳 | 문학들
등록 | 2005년 8월 24일 제2005 1−2호
주소 | 501−841 광주광역시 동구 학동 81−29번지 2층
전화 | 062−651−6968
팩스 | 062−651−9690
전자우편 | munhakdle@hanmail.net